身近にいた
人たち

Nonaka Ryo

野中涼

松柏社

身近にいた人たち

身近にいた人たち　目次

身近にいた人たち

夏は短い

河津哲也さんは土曜日の朝
砂川の遊歩道をあるく　草笛の会の人たちと
草むらの空きビン空きカンを拾いながら
「すっかり秋ですな　夏は短いね」
「夏は短い　夏は騙すんだ　永遠に続くような暑さで
それがもう夢は枯れ野をかけめぐる」
「枯れ野か　ああ夢の世の中」

駐車場ぞいの小道で河津さんは
拾いあげる　花模様の小さいペットボトルを
「甘露が飲みつくされた瞬間ゴミになって
放り捨てられた祝杯の花がらよ」とつぶやきかけて
思いとどまる　誰かが粋狂に
加えるにちがいない「寿命が尽きた瞬間モノになって
荼毘に付される親族の亡きがらよ」

老人たちはブナ林のはずれで立ちどまる
衰えたノボロギクや踏まれたヤブコウジをあわれむ
「歳月は夜盗だっていうのが父の口癖でした
長い生涯もふり返ると藻抜けの殻だって
そしてこの夏は遺産のもめごと」
「もめごと　みんな秋も末に近いのに」
「まだ真夏なんです」

日曜日の夕べ河津哲也さんはひとり
書斎の裏窓で聞く　カエデの木でウマオイが鳴き
流泉寺の境内で脊椎癌の少年が草笛を吹いているのを
それは地鳴りの協奏曲となって「ああ騙されるな
草笛の会の人たちよ」と叫んでいる「夏は短くない
夏は長い　本当だ　永遠に長い
秋も冬も春も長い」

ドングリの木

春木豊さんは体の節々にこわばりを感じて
ドングリの木か何かになりそうだ
と思っているとバースデイ・カードと一緒に
「老けない方法」という新聞の小さい切り抜きが
送られてきました　地球のむこう側の
今でも戦争をしている国の人から

1．歩け　1日1マイルか2マイル
2．話せ　ポジティヴなことを
3．笑え　腹をかかえて笑え　息苦しくなるまで
4．子供部屋の窓辺の木をときどき思い出せ
5．ときどき蝶になりタンポポになれ
6．終わる時はあっさり終われ

春木さんは市立病院に92歳のお姉さんを見舞い

ニラムシ釣りの思い出話で大笑いしました
公園の雑木林を通りぬける帰り道
保育園の子供たちがドングリ拾いに来ていて
見あげると青空にクヌギの枝がまだ
黄葉をきらめかせています

木は立ったまま老けるのを気にしているか
と考えながら青葉台駅まで半マイル歩きました
木は立ったまま思い出すか　双葉の芽だったことを
心配するか　切り倒されて変てこなものに
なるかもしれないのを　棺桶の蓋や
ライフルの銃床などに

どこから老けるか

今でも西沢靖子さんに思いうかぶのは
青い縦縞のワンピースを着た体育の垣内チカ先生
「さあ皆さん　人はどこから老けてくると思いますか
おなかですよ　腰や膝でなくて
二十代の半ばから腹の筋肉が弱ってくるの
それを忘れないでね」

西沢さんは今朝それを思い出して
畳にあおむけに寝てみました　両手を使わずにさっと
上半身を起こせるかどうか

天井を見ると木目の遠くに青い風が立つ
小学校の鉄棒から桜の木の根もとまで30メートル
逆立ちで歩ける少年たちがいました
西沢さんはやっと3メートル

見下げられたくないと気張ってはいたけれど

「私なんかもうダメだわ」垣内チカ先生は小声で
言いました「もう 28 歳だもの　足腰が重くなったわ」
プールのふちを学生たちと歩きながら
「こうなると必要なのは気力ね　生きのびる意欲
百歳までとは言わないけれど」

西沢靖子さんは今 65 歳　来春の最終講義に
「皆さん　人生の経験はどこにたまると思いますか」
と言ったら学生たちは戸惑い顔で
見あげるだろうか「おなかですよ　頭や胸でなくて
経験は腹にたまって知識になり偏見になるの
それを忘れないでね」

西沢さんは寝たまま頭をもたげて腹を見ました
「皺よる皮膜よ　筋肉よ　さあ上半身を起こせるか
ぱっと起こせ　百歳まで生きるつもりで」

夕暮れの中庭

夕暮れの中庭を岩波哲男さんは見おろす
学生たちが帰った後の教室の窓から
もうすぐ一人ここでこんなふうに見おろすことはない
と思っていささか感傷的になるのも
まもなく定年より２年早く退職するから

植込みのコナラが葉を落としている
ひらひらと無数に飛びちるアゲハ蝶のように
風とも言えないかすかな風で
ああ根もとから枝さきまで骨格がまる見えになる季節
親切そうだった人たちが離れていく

最後の授業で何か話せばよかったか
と岩波さんは考える　教訓とも言えない教訓を
「葉が散るにつれて分かってくる　本質はすべて

グロテスクであることが」とか「神の死は即ち死の死
否定の否定　終わりの終わり」とか

しかし声とも言えない声になっただろう
マイクで叫ぶ学生たちの演説のように
「頑迷固陋ノ　反動管理体制ヲ　断固粉砕スルゾー」
小声で嘆く助教授たちの愚痴のように
「どんな学風もダメ　ここでは伝統にならない」

言葉は消える　立て看板やビラと一緒に
妖精が群れ飛ぶ枯れ葉の渦をまいて
人も消える　手らしくもない手に背中を押されて
名誉教授や賛助会員の肩書と一緒に
歓送の辞にせきたてられて

岩波哲男さんはもう話すことがない
いくぶん不安なだけ「わくら葉を落とす自分に
どれほどの本質があるか」「どれほどのニヒリズムを
克服容認できるか」離れていく人たちを
離れていくにまかせて

これがまあ見納めかわが庭の秋
と思いかけたところに労務員の聖女がひとり現れた
モップを片手に「あのー　よろしいですか
これから教室を掃除しますんで」
* 「どうぞ　どうぞ　私もう帰ります」

岩波さんはもう一度窓から見おろす
学費値上げ反対の集会で騒がしかった真四角の中庭
いま学生たちが三々五々足早に帰っていく
村野藤吾先生が設計した研究棟を出て
樫山欽四郎先生が植えたコナラのわきを

ああこの自由闊達だったスコラよ
このままであってほしい　学生も教員も職員も
好きなことを好きなように追求できる地上の楽園
豪華な高層ビルではない　野暮ったく貧相でも
創造性豊かな殿堂であってくれ

奇 跡 の 一 日

悠々自適というか優游随縁というか
鈴木建三さんは朝5時に目がさめて「ああ自分は今
ここにこうしてまだ生きている」
と思うのが一日の最初の奇跡
退職して8年　ひとり暮らしのその日暮らし
雨戸をあけるとツバキやミズキの若葉に
天国の光があふれ
遠くでカラスが
予告している　至福の日和を　カーラ　カーラ
カーイロース

そして買い物に行くのも奇跡
週末によく鈴代さんにつれ出されて
荷物運びをしたように
半袖シャツにベージュのジャケット

財布だけ胸の内ポケットに

バスに乗ると奥島教務部長そっくりの太った人が
運転している　黒メガネで余裕綽々のハンドルさばき
高島屋では図書館の笹原嬢そっくりの痩せた人が
ジーパン姿でよろよろジャガイモの箱を運んできて
そうっとトマトのそばに置く
すると鈴木建三さんは思い出す　5年前
和菓子の前で立ちどまって「おや　鈴代はどこだ」
と見まわしたのを「着ているのは確か
紺の縞のワンピースにグレーのダッフルコート
いやピンクのカーディガンだったか　ああ　いる
いる　乾物類の前に　白いブラウスで」
それからまた歩きだして「人もいいが物もいいなあ」
と思う「菜箸は長くて尖っている　ボール電球は軽くて
かさばっている　物は正直で頑固で裏がない
醤油と砂糖は重い　冷凍のメカジキも重い
紙パックの牛乳も」

5年前と同じ秋の夕暮

鈴木さんはビニール袋を両手にバスをおりて
とぼとぼ坂を登る　平凡な身の上を　カーラ　カーラ
平凡に感謝しながら　カーイロース

そして夜は夜で一日の最後の奇跡
机に座って　背筋をのばして　深呼吸して
考える　何が一番大切か　何が一番みんなに役立つか
どんな楽しいイメージがいいだろう
人でも物でも言葉でもごく平凡な一つのイメージ
それで人が人を　物が物を　言葉が言葉を
何より大切に思い始めるというような
朝のあの至福の光のような

残り火

喉頭癌を患った村田勝彦さんの葬式で
森尾武萬さんは口を滑らせた「おしゃれな学生がいたね
宮田鞠子といったかな　渋谷区の外科医のお嬢さんで」
76歳になる小山宙丸さんがびっくりする
「えっ　あの人まだ生きている?」

葬式がすんで一緒に帰った清水茂さんによると
ジョルジュ・クレマンソーは80歳の誕生日に
シャンゼリゼで美しい女性を見かけて溜息をついたという
「ああもう一度70歳に戻れたら!」

イェイツも73歳のときの「政治談義」で
おどけていた「かわいい人がいるな　あのドアの近くに
議論なんかしていられない　戦争だの平和だの
若返ってあんな人を愛したい」

パウンドは片手を振った「おお残り火よ　消え去れ」

‘Love is not hereafter.’ `Gather ye rose-buds
while ye may.’ `Had we but world enough and time.’
手遅れの願いは消え去らない　やがて火葬か
鳥葬の身の上とわかってきても

「忘却が必要だな」森尾さんは断言する「残り火は
恩寵として葬り去る　それが教育学者の村田さんの流儀
敬虔な神学者の小山さんもそう　宮田さんだって
そうにちがいない　真珠の首飾りをつけて
今どこで何をしていても」

しかしイェイツはいらだっていた「老人はなぜ気が
ふれてはいけないのか」ディラン・トマスはまた涙声で
臨終の父に頼んだ「奮い立て　お父さん　奮い立て
その薄れゆく命の光に！」

器 量

「歳をとればとるで器量のよくなる人がいる」
大工だった妖精がつぶやきました　老人ホームの裏庭で
散歩しながら「それでまた悪くなる人もいる」

「ドクダミを煎じて飲むと美人になるそうだ」
貿易商だったという妖精がふりかえります「女優の岸恵子
あの人がおばあさんに飲まされて育った」

「トルストイはおばあさんに」教師だった男が
笑いだす「注意されたね　おまえは器量がよくないから
心のよさで生きなければならないよって」

「心のよさ悪さは言葉に出ますね」自称桂園派歌人が
咳払いしました「人を選ぶなら手紙が決め手になりますよ
文章は心の人相書きですのでね」

「そうそう　まさにそのとおり」大工は渋い顔で
うなずく「言葉が心に響かない奴は金槌で叩いたって
響かない　弟子に途轍もない石部金吉がいた」

「それでも人間の顔ってえのは」魚屋だった男が
ねじり鉢巻きのしぐさをする「心がけ次第で変わるんだよ
一番いいのは何と言っても欲のない死に顔だ」

植木屋は車椅子をとめて赤い木の葉をひろう
それで鼻の下をふく「ああこんな贅沢が許されるのも
ほんの今しばらくのことだろう」

「誰だったか　言っていたな　スターリンの鼻の下で
巨大なゴキブリが笑っているなんて」教師はいがぐり頭を
かしげる「この頃とっさに名前が出てこない」

「あの人かな　カタツムリの顔は」魚屋が助け船を
出しました「正面から見ると鹿に似ているって気づいた
広島の　ほら　あの馬面の牧師の爺さん」

こうして妖精たちはよく笑う　朝早い散歩で
昼食前のリハビリで　手足が皺ばみ縮んで俗念がうすれ
器量が大きく明るくなって

歳の功だろう　菩薩ふうの大工　道元ふうの植木屋
横顔がシビレエイの魚屋　それぞれ鷹揚に美しくなり
ほがらかに笑う　野ざらしの冬の初めに

長 蛇 の 列

赤の広場に並ぶ人たちの長蛇の列
藤沼貴さんは驚きました　レーニン廟の入口から
えんえんと並んで待ちに待っていつかは中に入って
どんなすばらしいものを見るのか

「イギリス人は一人でも列をつくる」
カレル・チャペックさんはそう言いましたが
列をつくるのが有名なのは 19 世紀ではフランス人で
20 世紀ではロシア人らしい

藤沼さんはその長い列の中にいて
奥さんはノルウェーから来た人と話しています
「浦島太郎は世界じゅうにいますね　王質もアシーンも
故郷にもどると白髪のお爺さん」

ノラ・ベルガーさんは離婚して仏教徒になったという
「小鳥が千年に一度ポンメル山に飛んできて
くちばしを岩でとぐ　それでその岩山がきれいに
すり減ったら一劫です」

藤沼さんたちは顔を見あわせました
広場にこうしてただ並んで立っているだけでいいのか
だまされていないか　長い列の魅力に
長い時間の裏切りに

「エルサレムでも同じでしたよ」ノラさんは笑って
写真を出して見せました「ゴルゴタの丘のイエス様の墓
ほら　長い列でしょう　中はからっぽ
と皆さん承知していながら」

おや　廟の出口に何人か立っています
すばらしさに打ちのめされて出てきたかのように
すぐに立ち去る人もいます　グム百貨店か運河の川岸で
もっとすばらしい何かを探すかのように

24

長蛇の列は　ああ　動くことは動いています
でも英雄の何を見るのか　革命の栄光か虚妄か悲惨か
先頭のほうはもう晩秋の夕暮れの気配
うす暗くなってよく見えません

永 遠 の 時 間

かつて時間はゆっくり過ぎていた
　　横倉弘子さんは目を閉じてなつかしく思う
みんな自分の足で歩いていた　牛や蟻やムカデと同じに
たとえば1960年代に電気釜が出てくるまでは
主婦が家族の誰よりも一時間早くおきて台所に立って
「毎日ああ忙しい」なんて言わなかった
自分を働き者と思わなかった
割烹着姿で板の間をふき軒下をはき空模様を見あげて
着物を織ったり縫ったり洗ったり繕ったりして

いつからか時間は走りだした
　　横倉さんは目を開けて悲しく思う
みんなが素手素足で時間と競争していた仕事
座敷童子やピクシーが同情して手伝ってくれた仕事
それを忠実無比の怪物たちが指示どおりにやってくれる

主婦がすやすやと寝すごすうちに
炊飯器がシューシューご飯を炊く
洗濯機がジャブジャブ洗う　毛布でも下着でも雑巾でも
電子レンジがピーッと口笛を吹く

かつて時間はゆっくり過ぎていた
　　　横倉弘子さんは本当になつかしく思う
みんな地道に生きていた　馬やモグラやケラと同じに
母が納豆の薬味をことこと刻み七輪に火をおこし
味噌汁をつくっていた秋の朝早い至福の時間
父が雑木林の落ち葉をさらって荷馬車に高く積みあげ
その上に子供たちを乗せて丘の坂道をゆらゆらと
降りてきた冬の夕暮れどきのあの一瞬が
永遠のように濃密だった神秘の時間

アイルランドでふしぎな時間に出会ったことがある
　　　横倉さんは今ふと思い出す
西はずれの田舎町ゴールウェイからダブリンへ戻るとき
急行列車が途中の小さな駅で止まってしまった
車内はほの暗い洞窟　誰も話さない　誰も動かない

何百年も時間が停止したワラキアの妖精の宮殿のようで
そこに若く美しい王女様がいた
これから生まれる赤ちゃんの靴下を編んでいる
左脇下の編み棒につぎつぎ毛糸をからませて
「おや　鳴っていますか　発車のベルが」
「いいえ」侍女のお婆さんが答える「でもすぐ動きますよ
動かないはずありません　時間のやりくりですもの」
時間のやりくりは永遠のように長い
長いけれども一瞬のまばたきのようにさっと過ぎた
ふしぎな時間よ　気まぐれに豹変する虚像よ
ベルが鳴り汽笛が聞こえ宮殿が静かに
動きだした　なめらかに　力強く
ダブリンに向かって

散 歩

小泉八雲の息子の一雄さんは子供のころ
「どこへ行くの」と女の子にきかれ「どこへも行かない
ただ歩いている　散歩だ」と答えたら
「ふーん　おかしいことするのね」と言われました
奥山康治さんも熊本で英語を習いはじめたころ
感心したそうです　'Going out for a walk' だなんて
「ふーん　イギリス人は風流なんだ」

熊本城主の細川護熙さんが首相になって
皇居のあたりをジョギングしている写真が
新聞や雑誌に載りました「おや日本人もいつのまにか
そんなことする人はするんだ」
と思った奥山さん自身がもう年金暮らしの徘徊老人
買い物ついでに町内を一回りしてくると
Passage にもいいようです

八国山緑地の丘にのぼって
エゴノキの梢ごしに住宅地をながめて
「ああ自分はあそこで暮らしてあそこで終わるのか」
と考えたら奥山さんは急に腹がへってきました
「いずれ彼岸に住んでいつまでもこの世が歯には歯を
核には核をのままと知ったらこんなふうに
腹がへるのか」

かつて散歩がおかしかったのは
ただ歩くために歩くという自己目的的には
誰も暮らしていなかったからでしょう
芸術のための芸術やメタ言語やメタ批評のようには
奥山さんは豆腐か葱か何かを買うついでに
出歩く　わざと遠まわりして手紙を投函したり
道ばたのハコベを見たりして

小石

田内勝さんの机の上のうす汚れた小石
リュカヴェトスの丘で拾ってきた茶色っぽい
大理石のかけら　40年も
文鎮に使ったり使わなかったりしました
どうせ死んだら捨てられるでしょう

人はなぜつまらないものを拾うのか
ヘンリー・ムーアは海岸で珍しい形の小石を見ると
持ち帰らずにいられなかったという
ピカソは一つの部屋に小石や
棒きれをいっぱいためていました

田中正造が最後に野道で倒れたとき
ふところにきれいな小石を一つ持っていたそうです
たぶん渡良瀬川の浅瀬で拾って

女房のカツさんにあげるつもりだったろう
と村人は語りつたえています

田内さんは墓石はいらない　できたら自分自身
道ばたの小石になって秋の温かい陽射しに
ころがっていたい
小学校帰りの子供がなんの気なしに蹴って
蓮の沼に落ちるとしても

クヌギの若葉

伊豆の八幡野へ行く途中に郷土博物館があって
山本喜久男さんたちはダイナソーラスの標本を見ました
「骸骨はどうも苦手だ」と一人が
つぶやきました「長く見ていられない」

陳列室を出ると外は明るい春　クヌギの大木が
青空に芽吹いて若葉の群れが南風にあおられています
裏葉をひるがえして踊り狂っているけれども
葉擦れの音はしない

「静かな春の祭典だ」と一人がまた
つぶやきました「松籟や笹鳴きの季節とはちがう」
若葉の群れは黄みどり色の花のようです
豪勢に咲きあふれる満開の花

「美しい天然の奇跡　でも長くは続かないよ
若葉はすぐただの木の葉になるからね
夜明けはすぐただの昼間に　子供はすぐただの大人に
真実はすぐただの事実に」

駐車場へ戻りながら山本喜久男さんは
考えていました「生き物はみんな滑稽で不気味だ
若葉で着飾ったクヌギもやがて裸の怪物
雪の衣裳に氷の水晶をつけて」

それから一行は車の中で話しつづけました
ダイナソーラスはクヌギの若葉も食べたろうとか
植物にも意志があり知恵があり言葉があるんだとか
そして夕暮れ前に八幡野の宿に着きました

言葉でない言葉

高木実さんが小学生のころ感心したのは
ゲーテの格言でした「大きい必然は人間を高め
小さい必然は人間を低める」
意味がよく分からないまま

中学生のころはラ・ロシュフーコーの警句
「嘘をつくと途端によい記憶力が必要になる」
これは分かりすぎて友だちにも話せません
話さないのも嘘と知りながら

このごろ学生に寄せ書きを頼まれて
言葉らしい言葉の持ちあわせがないのに気づく
思い浮かぶのはクリシェだけ
「不器用も一つの才能である」
「無意味なものは存在しない」

高木さんが言葉の貧しさをくやみながら
多摩湖の岸ぞいの夜道を一人とぼとぼ帰るとき
森かげでマガモがクーとかグーとか
寝言をつぶやいています

あるとき百何歳かの奥村土牛氏と誰かが
ラジオ放送の対談でアーとかウーとか応答して
そのだみ声に春の夜の湖の何というか
深い重みを感じました

言葉を必要とする時期があるのでしょう
木の芽どきに小糠雨と陽射しが必要なように
葉が散るときはまた散るときのように
言葉でない言葉をなつかしむのは
もう秋の末なのか

レトリック

「バルザックはなぜ考えたのか　架空の庭に
本物のヒキガエルがいる小説を書こうなんて」
小林路易さんがそんな話をするので
神宮輝夫さんは思い出しました　チェスタトンが公園で
驚いたことを「少女が押すおもちゃの乳母車に
本物の赤ちゃんが乗っていた!」

レトリックは認識のジェスチャー　のびのびと
自由であれ　コトバよ　心よ　夏空の綿雲のように
意味ありげで意味なさそうに

「フィガロの結婚」の公演で伯爵役の村田健司さんは
悩んでいました「日本語で歌うのはモーツァルトの音楽を
否定することにならないか」
鎌田弥恵さんがリハーサルの休み時間に笑顔で

近づいてきて「まあ村田さん　なんておきれいなお声
だから内容が伝わらないのね」

人間の頭脳を唯一の宿主にして繁殖するコトバよ
心よ　のびのびと自然であれ　冬空のトンビのように
意味なさそうで意味ありげに

富永厚さんが長崎の心障者施設を訪ねると
お姉さんが猿のように走り出てきて歯のない口で笑って
ぴょこんとお辞儀しました「お父さんもお元気?」
「お父さんはね　実はね　もう8年前に」
するとお姉さんは黙ってしゃがんで泣きだしました
猫のように背を丸めて

レトリックよ　癌細胞は宿主を食いつくして自滅する
飼い犬が突然たけり狂って飼い主をかみ殺す
心よ　自然であれ　コトバよ　自由であれ

無 理 を し な い と

棄田光行さんが研究室から出ていくと
枯葉散る中庭に言語学の川本茂雄先生も現れました
白い毛糸の帽子にベージュのコートで
「忙しいとき無理をするのはよくないですよ
と言っても無理をしないとまた
ろくなものは書けないんですがね」

学生たちが卒業論文で苦労しているころ
棄田さんも調べていました　ホフマンがなぜあんなに
つぎつぎ奇怪なイメージを産みだしたのか
川岸のリラの茂みにひそむ金緑色の錦蛇が青い目で
通りかかった貧乏書生を悲しげに見つめる
あれが永遠の乙女ユーリアだったか

雪が降ってそれがすぐ雨に変わった日

地下鉄で美術史学の丹尾安典さんに出会いました
「私は原稿は1日に3枚です」
「村山槐多について書いていたね　あの文体の感じは
どことなくサント・ヴィクトワールの山だったな」
「そうです　私はセザンヌなんです」

雨が降ってそれがすぐ雪に変わった日
棗田さんは散歩に出ました　つい無理をすると文章が
こわばって筋張ってうわずってしまう気がして
すると雪は突然にさっと世界を変える
山茶花の魔女のような足もとに福寿草の妖精たちが
白い綿帽子をかぶっています
いくつもいくつもむらがって

茶飲み話

窪田般弥さんは静かな座談の達人でした
高田馬場のコーヒー店で学生たちと紅茶を飲みながら
なんということもない話題でしたが……

……二葉亭四迷が「文学は男子一生の事業にあらず」
と言ったことになっているね　それが米川正夫さんによると
どこにも証拠がないんだって　ドストエフスキーが
「われわれはみんなゴーゴリの外套から出てきた」
と言ったらしいのも出典が見つかっていない

司馬遷の記録だって時にはだいぶ野放図だよ
老子が孔子に「君子は内に徳をそなえ外は愚かに見えるが
きみは内も外も多欲と高慢にみちておるな」
孔子は弟子たちに「きのう老子に会ってきたがね
竜みたいな人だったよ　まるで掴みどころがなかった」

浮世絵の巨匠も当時はただの職人さ
田崎暘之介さんの考証でも謎は謎　北斎は寒がりで
炬燵で描いていた　写楽は雲英摺の錦絵を大量に開版して
姿を消した　馬琴の日記に「歌麿は妻なし子なし
没後は無祀の鬼となりたるべし」

ところでベリンスキーだが　あのロシア随一の切れ者は
ゴーゴリの「外套」がさっぱり理解できなかった
口走っていたよ「おお君はいったい何をやっているんだ
無智蒙昧の使徒にして前代未聞の悪魔的暗黒を支持する者
ダッタン人の道徳を平然と賛美する者よ」……

……コーヒー店を出ると窪田さんはつぶやくのでした
「遺言を書いておこうと思うんだが　君　どうだろうね
乾いた夏空をうるおす樹木の噴水よっていうのは」

逸話

ときどき突拍子もない逸話があって
どこがどう常軌を逸しているか説明できないとき
たまらなく愉快な諧謔になる
というのが三浦修さんの管見でした
谷文晁は水鉢にオタマジャクシを何十匹も入れて
絵かき台のそばに置いてときどき覗いて
やがて蛙になって跳びだすと手を叩いて笑ったという
それは名誉利欲の提案から逃げまわった玄賓や
出家の戒師を頼まれ糞尿をひりちらして帰った増賀
そういう風狂の先達や伴狂の聖僧も同じ

ときどき冷酷無残な逸話があって
権力はなぜ平気で断罪するのか納得できないとき
歴史は悪夢のような記録になる
というのが安在邦夫さんの卓見でした

漂流民を届けるために寄港を望むモリソン号を
異国船打払令で砲撃退散させた幕府が
愚かな失礼と嘆く蘭学者たちを逮捕した蛮社の獄
脱獄雲隠れしながら妻子に会おうと顔を酸で焼いて
こっそり江戸にもどった高野長英
握り飯の付け焼きが好きだった渡辺崋山
本ばかり読んでいた小関三英
みんな自刃しました

逸話とは言えない世間話もまた無数にあって
それは面白がられも語られも記録されもしない
もったいないが消えてしまうだろう
金沢治平さんの孫相手の話では彼の祖母マスさんは
元治元年瑞穂野村フザカシ生まれの美貌の人
満願寺で読み書きを習い16歳で清原村鑓山の農家に
手鍋さげて嫁ぎ男3人女5人を産み働きに働き
103歳で亡くなりました「子供らよ　忘れんなよ
寝そべって芋を食うとワラジムシになっつぉ
ゲジゲジになっつぉ」と言い残して

草 花

「叶わぬ恋は昔は美しい草花になった」
藤森秀夫さんは廊下で女子学生たちに話していました
学費値上げのストライキ騒ぎで休講になった日
「谷間のヒメユリ」や「めいめい子ヤギ」の作詞家が
鳥打帽にジャンパーでドイツ語を教えに来ていたのです
「八幡の放生川に身投げした女がオミナエシになって
土手一面に咲きひろがった　三河の国ではまた
男がカキツバタになって川原で風になびいていた
そんなふうだったよ　感じやすい人間はね
死んで願ほどきを果たした」

そういえばグスターフ・フェヒナーさんは
『植物の精神生活』という本を書いた人ですが
ムルデ川の土手を散歩していて驚いた　草花の霊魂が
ヒナギクの茎から赤ん坊の姿でゆらゆらと

立ちのぼるのを見たのです
国文学者の紅野敏郎さんも春の夕方など帰りの電車で
「ほら　花という字は草が化けると書くね
芽も蕾もちょっと恐ろしい字ですよ」と言って
笑いました「草花は毒牙や怒号を隠しもつ化け物です
きれいな笑顔ですましている」

人はみんな次つぎ亡くなって土に戻るけれども
生きていて美しく花咲く奇特な人たちもいたのです
ヒナギクのフェヒナーさんのように
ヒメユリの藤森さんや字解の紅野さんのように
もしあの世も森羅万象が同じなら
藤森さんなど今も放浪者ふうの鳥打帽にジャンパーで
出歩いているでしょう　何を見ても驚いて
話しかけて「ああヒメユリさん　きょうは機織り
何反できたかね　ああ子ヤギくん　痛いだろう
木株に頭をぶつけちゃって」

談 話 会 の 後 で

エリオットが書評で何かいい文句を書いていたけれど
あれはどこだったかと森島庸子さんが探していると
書棚のすみから古い日記帳が出てきました
1998 年 6 月 4 日　土曜日　曇のち晴
ああこれはロマン派学会の月 1 回の談話会の後で
みんなで渋谷駅近くのコーヒー店に入って
本当の談話会を開いています

豊田の女子大学では起立して礼をしてから
授業を始めるという　学生たちは午後でも「オハヨー」
「あらオハヨー」と挨拶しあっていて
ジョン・キーツの詩の心酔者である高橋雄四郎さんには
美しい妖精たちが右往左往する夢幻の仙境です
「すごくかわいい連中なんだけどなあ
実はみんな 'belles dames sans merci'」

シェイクスピア学者の児玉久男さんは
秋田県の農家で生まれた5人兄弟の末っ子
16歳で叔父に連れられて上京してずっと貧乏書生
「汽車が白河をこえて竹やぶが見えてきたら
叔父さんは　ああ竹やぶ竹やぶ　ついに南方に来たぞって
欣喜雀躍していましたね」

岡地嶺さんはバーンズ研究の泰斗
ウサギダマが銀座のたねやで今も売っていると聞くと
なつかしがってバーンズがハギスを食べたがったように
溜息をつく「浦和の在でね　口がまっ赤になる紅飴
あんなもの親にかくれて買ってなめて見つかって
えらくとっちめられた」

森島庸子さんは探しもので日記帳なんか開いてしまって
でも　おや　'more than half a lifetime to arrive
at this freedom of speech'　ああ　これ　これです
エリオットがイェイツの1914年出版の詩集をほめて
'It is a triumph' などと言っていたのです
それを日記帳に書きとめていたのでした

この文句の一体どこがすばらしいと思ったのか
何でも自由自在に表現できるようになったなんて
確かにうらやましい夢のような話
でも森島さんは日記帳を顔におし当てて笑ってしまいました
知りたい知りたいと思ったら文句のほうがそれを察して
ひょっこり出てきてくれたのです

挨拶を一言

卒業する皆さんに挨拶を一言
ということですが　さて　参考になるかどうか
まあ早い話がみんな愚直一筋で出世するんですよ
それで失敗する人も多いんですがね
私の同窓生に古沢トキさんという人がいて
帯広でフルサワ・クッキング・スクールをはじめた人
それが小柄で痩せっぽちの大食いでしたよ
神戸の広告会社にいた頃から「よく食べる人は
よく働く」が口癖でした　若い社員にも「結婚するなら
ぜひ食べっぷりのいい人を」と言っていたんです
社内食堂のおばさんが大根の千六本切りを教えてくれて
感謝したら「腰の低い人だ　養女になっとくれ
せめて遺体引受人に」と頼まれましてね
それからです「食欲は教育の要」なんて言いだしたのは
「子供には腹いっぱい食べさせてから叱りましょう

満腹は世界平和の礎　雑食はグローバリズムの原点」
偉いことを言いだすと本当に偉くなるんです
二年前あの人は行かなくてもいいのに
チャドの難民キャンプに行って作らなくてもいいのに
国際料理文化研究センターを作りました
そしてあえない客死　猩紅熱で

それはそうと無理をしてまで出世したくない
という人がいるかもしれません　清貧の孤高を夢みてね
ところがそれでかえって出世してしまう
同窓生のもうひとり高橋祥起君
学生のころは池袋の下宿の四畳半の部屋に
レンブラントの「物乞いの親子」を飾ったりしてね
版画家になりたいと言っていましたよ
それで卒業するとまず戸山高校の英語教師
それから松山放送局のアナウンサー
「下積みを充分経験しないと役立つ人間になれない」
とつぶやいていたかと思うといつのまにか
政治報道記者になってすぐ内閣府つきになりました
「この更紗の開襟シャツ　とびきり着心地がいい

大平正芳首相のインドネシア訪問に随行して
徳島民謡を一つうなったらスカルノ大統領がくれた」
そんな自慢話をするので何だろうと思ったら
まもなくニュース解説委員になってそれから編集局長
さらに官房長官顧問の何とか委員長にえらばれた
偉くなるチャンスを避けるのは難しいんですね
去年の暮れ黒いシボレーを秘書に運転させて
「引退したら風景画だ　バルビゾン派だ」
そう言って夢の島なんか案内してくれたんだが
思い出すたびになんだか悲しくなって
なつかしくなって　ああ　わが友　高橋君よ
このあいだ急性肺炎で亡くなった

不 言 而 化 之

「黙っていても思うとおりに生徒がするようになる
それが教育の真髄である」
瀬野精一郎さんのお父さんは中学の校長先生でした
性善説の考えから奥座敷の違い棚に「不言而化之」
と書いた色紙を飾っておられたのでしょう
それがこのごろはどうです　君が代
一同起立　国歌斉唱

昔は棟梁も黙っていました
徒弟はお辞儀して道具を運んで雑巾をかけて
ある日突然ノコギリを渡される「さあこの床柱を切れ」
服部嘉香先生の修辞学講義も同じで
朝から道草食いの風論雑説ばかり「今やわたしは
青春の午後にあるのである」などと若書き処女詩集の
美しい幻影をくちずさんでいたかと思うと

「さあ諸君　文体の気韻生動を論ぜよ」

「弓道の先生はおかしいです」ヘリゲルさんは首を
かしげました「的に当てようとして矢を射るなと言う
狙わなくても当たるようでないといけない
それで練習に練習に練習です」
極意は意識をこえた意識の天衣無縫
それがこのごろは君が代　起立して歌わないと
3度目には免職

数学の関鑑三郎先生は石丸久さんによると
タイタニック号遭難の話なんかして教室を出るとき
生徒が叫んだ「あっ先生　教科書から何か落ちました」
「落ちたら拾え　なんだ　これはおれのだ」
生徒の手から月給袋をひったくって出て行きました
昔のおおらかな素っ気なさは今どこにあるか
卒業生の誰の胸にひそんでいるか
大西洋の氷山のように

閑人閑話

「人間は裸で生まれて着物をきる」高島春雄先生は
独り言のように話す「昆虫は着物を脱いで
すばらしく自由に生きはじめる　あの醜いアリジゴクが
美しいウスバカゲロウになって飛びたつ」
生物学者は何をどう考えてもらいたかったのか

長澤二郎さんは話の趣旨からそれてしまうと知りながら
話さずにいられない　詩人のシェリーが若いころ
家庭教師をした家のことを「そのニュートン夫人は
毎朝２時間３人の子供と裸で過ごしていました
天国へ行ったとき戸惑わないように」

すると松村憲一さんも反射的に昔の神学者を
思い出す「グアロニヌスがグラーツの教会に赴任して
驚いたそうですよ　夕方になると町の娘たちが裸で

通りをひらひらと走って行くんですって
風呂場で着物を盗まれないように」

「幸せな時代の幸せな人たち」岩下豊彦さんは感心して
さらに論旨をそらす「天使になりたければ
簡単に天使になれたんですね　まだ知らなかった
人混みのなかで突然自分だけが裸
と気づく恐ろしい悪夢を」

「生命体の行きつく先は裸です」筑波常治さんは
小声で持説をのべる「天寿を全うして大地に帰るとき
厚着した虚飾の衣裳をぬぎ捨てる
王侯も従僕も奴隷も静かに腐れて溶けて
消えていく」

「カエル息子の話ですけれど」上村由紀子さんが
咳払いする「花嫁が鋏で背中の皮を切り裂くと
立派なお婿さんになりますね　アリジゴクなのに全く
ウスバカゲロウになれないような人間もいますよ
私それで離婚したんです　子供3人つれて」

没落談義

「資産家もあっけなく没落する」牧雅夫さんは
懇親会が終わってみんなが帰りかけるころ
ひとり椅子に座りこむ「いとこが羊蹄山のスキー場で
美しい妖精に出会って結婚したんだが
半年で過労死だ　それでその雪女はどうしたか
遺産を濡れ手に粟　山姥になって消えた」

「奪うだけの魔物がいるんだ」中山和久さんはもう
オーバーを着て立っている「偉ぶるだけの学者もいるね
後継者に選ぶのに小粒がさらに小粒を選ぶ
従順なボンクラを　それで研究教育システムは
確実に没落する」

「天変地異はすごいですよ」山田広明さんは笑顔で
悲愴な声を出す「大槌海岸の津波　一晩で漁村が壊滅

丘の上の墓地に漁船が打ちあげられていましたよ
お婆さんが一人何か探していた　欠け茶碗を片手に
念仏を唱えながら」

「すべては土に戻ります」清水厳矩さんは禅僧らしく
両手で中空に円をえがく「極端なペシミズムですが
無常迅速　生きものは不断に土に戻りつつある
肉体はすでに生きている土くれです
この必然を没落とは言わない」

「さあ閑話休題」牧さんは立ちあがって
窓から夕空を見あげる「今晩は大雪になるぞ
いとこは考えなかったよ　もう一財産つくろうなんて
いさぎよく羊蹄山のゲレンデを滑りおりて行った
あの妖精と一緒に」

誤 解 も 理 解 も

誤解する人には誤解させておけ
と誰でも言いたくなることがあるでしょう
テッド・ヒューズはある晩
こっくり占いのお盆に片手をのせて聞くともなく
聞きました「ぼくらはいつか
有名になりますか?」
するとシルヴィア・プラスは顔色をかえて
涙を浮かべたのです「有名ですって?
分からないの? 名声は何もかもダメにするのよ!」
テッドはびっくりしました
たぶんドイツ系アメリカ人のコンプレックスだろう
と思うことにしてクリスマス前に
別居しました「なあに誤解は誤解のままにしておけ
いずれ分かる 分からないはずがない」
（誤解はそりかえる

思いがけなくねじれ曲がって
ゆがみふくれる）

原子朗さんのような人は
誤解も理解も何が何やらどこ吹く風
黒姫山の畑でチンゲンサイを摘んで食べて
さびしく歎語をつづる一人暮らし
すると山好きの若いサラリーマンがクマに襲われて
脚腰をかまれたという
麓の猟友会がもめています「撃ちとるべえか
何人で山に入るべえか」
原さんはクマ撃ち名人のコバヤシさんに
「やめたがいいよ」と電話しました「野菜は痩せて
クマも痩せて
太っているのは人間ばかり
サラリーマンには気の毒でもさ
結界に入り込むのがいけないんだから
撃つなら
ぼくを撃ってよ」

刺客の影がしのび寄るのを感じた阮籍
短剣がいつ背中に突きささるか
風向き次第の護身豹変
時には陰謀誅殺で晋の武帝となった司馬氏の役人
時には仮病で官職を逃げだす竹林の賢人
遊民徒輩のごとく風を吸い露を舐めてもいられない
弊衣蓬髪で廃屋にあぐらの談論風発
法外の法を献策して右に傾き左にゆれる
母没すれば酒二斗を飲み蒸し豚一匹をたいらげ
済世の志を隠す
秋の日に一人馬車を駆って荒野をあてなく走り
道のつきる所まで行って
慟哭して帰る
（誤解はねじれふくれる　見越し入道のように
ふりかえって見るたびに高く
高くそびえたつ）

アラン・ブラウンジョンが訪ねたとき
シルヴィア・プラスは左腕に赤ん坊をかかえ
右手で紅茶を注ぎながら明るく笑っていました

「忙しいことは忙しいけれど
一日に詩一編は作ることにしています」

ゴーギャンが銀行員をやめて
ポン・タヴェン村で描いた「天使と戦うヤコブ」
魂の底をゆさぶるあの強烈なヴィジョン
大胆な逸脱がもたらした大胆な色彩価値の発見
でも買い手はない
批評家もいない
村の教会に持って行って「これを　その　謹んで
奉納させていただけませんか」
神父は感謝して絵を見つめにこやかに笑って丁重に
断りました
（ああ悩むな　悲しむな
ものがすぐ分かる人は少ない）
とぼとぼ持ち帰って仮住まいの戸口に立てかけ
帽子掛けにしておくほかない
それから150年が過ぎました
いま誰が1億5千万ポンド出すと言っても
スコットランドの国立美術館は手放さない

誤解は人間を鍛える

と思ったとたんに理解されてしまう人物がいて

川崎吉晴さんの小説に出没します

（すがすがしいフィクションの世界よ

ケチな人間が一人もいない）

たとえば新座ヘンクツ製靴工場の

渉外係長補佐ケムリ・ケンタロー君が忘年会で

隠し芸なるものを披露しました

「はてさて理不尽な生類かな

それがしは今し太郎冠者　いつぞは長者

して厄介な鼻つまみ者でござる」

同僚がみんな腹をよじって笑って

やがて上司も笑いだす

帰りの電車で新入社員のトガシ・トシコさんと一緒

「おれなんか高校出てから一匹オオカミでさ

いくら人にさげすまれたって屁とも思いやしないよ」

トシコさんはにっこりしてうなずいて

黙っています

「おれは一匹オオカミだよ」

アルフレッド・アルヴァレスが訪ねたとき
シルヴィアは薄茶色の髪を腰までばらばらに垂らし
ほっそりと力なくやせていました
動物の匂いのような強く鋭い匂いを発散して
「完成は恐ろしい　完成には子供を持てません」
（ああ人よ　誰をもあわれむな
何をもさげすむな）

芭蕉が三里に灸をすえて
奥の細道に出かけたのは元禄2年弥生46歳
誤解も理解もどこ吹く風
コンニャクやゴボウやキクラゲが好きで
着物は茶のつむぎの八徳ばかり
其角と嵐雪がひそかに絹の袷一着を仕立てて
届けました　すぐ突き返されないように
大晦日の夜に
（ああ人は高く悟って
俗にかえる）
師は年が明けてから包みをひらいて
着てみました「誰やらが姿に似たり　けさの春」

（ああ人よ　誰ひとり恨むな

何一つさげすむな）

一人になったシルヴィア・プラス

鋼鉄のように固く粘土のように脆かったシルヴィア

誤解を誤解のままにして

（誤解は崩れはじめる　倒れはじめる）

たまたまフィッロイ・ロードを歩いていて

たまたまイェイツが住んでいた家が貸家と知って

（誤解はふんわりと倒れてくる）

クリスマス前に移り住んで

（誤解は覆いかぶさる

見越し入道のように）

春さきの寒い朝　何をどう

理解したつもりになったのか

ドイツ語を話すオーストリア人の家政婦が９時に来る

と知っていて玄関のドアになぜ

鍵をかけたのか　テーブルの紙きれになぜ

「医者に電話してください」

と走り書きしてそれからオーブンになぜ

頭を入れてガス栓をなぜ
ひらいたのか
友だちの家に子供を預けて
それも無心に遊ぶ二人の幼子を
赤や青や黄色の風船で

身近にいた人たち

秋の夕陽がさす研究室の椅子に
尾島庄太郎先生があぐらをかいて座っていました
玉露のお茶を飲みながら「イェイツはあれで曲者だよ
みんなオリンポスの神々だったと言っておる
身近におった人たちを」

そのころ本間久雄先生は羽織袴で大股に
歩いていました　小走りに従う弟子たちに米沢弁で
「私は審美家ペイターの徒です　経験の結果でなく
経験そのものが大事　他人の結果ばかり学んでいると
バカになります」

佐藤輝夫先生が和歌山方言で講義していたのもそのころ
平家物語とロランの歌をくらべて「木曽義仲の最期は
実に淡白な描写です　内兜を射させ痛手なれば

真甲を馬の首にあててうつ伏したまえり
ただそれだけ　なんともあえない非業の死です」

岡一男先生が教壇の机に片肘をのせ横向きにすわって
ぼそぼそ話していたのもそのころ「大鏡の視点話法
あれは合わせ鏡の乱反射ですな　平安後期の狂い咲き
千載一遇の突然変異ですな」分からないことを
さらに分からなく説明していました

ポウ全集改訳中の谷崎精二先生「広津から聞いたんだが
再婚するなら君ヒステリー性の女が断然いいですよ
口がうるさいとそれだけ自己省察のチャンスがふえる」
『椋鳥日記』執筆中の小沼丹氏「正論ですね　男はどうも
同じあやまちをくり返しますがね」

川柳英訳中のブライス先生は辛辣なリベラリストでした
"So shy is her Princess! How pi-ti-able!"
この家庭教師が誕生日祝賀会に皇居に招待される
という夕刊の記事に大社淑子さんは首をかしげました
「あれで先生は出席するのかしら」

平岡昇先生は洗面所の入り口で「ワーズワスは
鉄道線路延長案に過激な反対論を書いたんだってね
湖畔までは絶対ダメって　先見の明があった　偉い人だ」
ルソーの告白録に関する卓抜な論文を発表して
『自然感情の文芸史』は書きしぶったまま

「枯れ枝や　芭蕉マクベス　コウルリッジ」
大橋健三郎先生は自作の句の創作過程を解説しました
渋谷のコーヒー店で微に入り細を穿って
ボブ・ハンブリン教授が笑いました "Oh Hush!
Our dearest talkative gentleman!"

帆足図南次氏「日夏先生は弟子が大勢いましたが
晩年はほとんど全部破門しました　私もその一人です」
金子光晴氏「年をとればね　破門したくなりますね
実際は弟子たちが少しずつ静かに師匠を
破門するんですがね」

本間先生が94歳で亡くなったとき小倉多加志さんは
長い追悼文を書いてから旅行鞄2個をもって

病院に行きました　看護婦長に有り金全部わたして
「死んだら灰を適当に処分してくれないか」
と言って一か月ほどで亡くなりました

「ああパルナッシアンの群よ　輝く黄金の時代よ」
米田次夫君はつぶやく「偉い人たちが偉くも何でもなく
普通に暮らしていた　安保だヨド号だ割腹だ
と世間がさわいで　反骨だ反俗だ反権威だ
と若者がうそぶいていたころに」

「感じることは感じた　いくぶん時代ずれを」
片桐ユズルさんもつぶやく「今になるとよく分かるなあ
われわれ以上に大胆なモダニストだったことが
しかしモダニストが老人になるのは
むずかしいね」

学匠三傑

増田綱先生は英作文の授業に小さい紙きれを配る
「どうもホネのある例文が見つからなくて」
と言いながら黒板にていねいに縦書きする
「人間は意味の動物　すべてに意味を求め意味を与え
意味を産みだすことに命をかける」
石本隆一君がいち早く答案を持っていくと
ハンカチで鼻水を拭きながら赤ペンで下線をひいて
訂正するのは一か所か二か所だけ「まあこれくらいで
あまりにナニするのもナンですから」
石本君が甲高い声で何か質問していたのは
研究社の和英大辞典を先生が編集していた頃のこと
江戸弁の魅力的な訛弁でぼそぼそ
答える「徒然草なども英語にするのはやはり
ナンですね　日本人がいいですね
英国人や米国人でなくてね

ああ冨山房の大英和　あれはよく出来ていました
日本語の語彙がね　たいへん豊富で」
そして時間がくると黙って立って
黙って教室を出ていく
石本君はあきれ顔で見送る「あれは下町の職人気質だ
指物師か経師屋の玄人芸だよ」

会津八一先生は用事があってもなくても
突然行けば怒らない
というので年の暮れに鈴木幸夫さんが一人おそる
おそる下落合の貸家に訪ねていくと
書斎のまん中にあぐらをかいて
「よく来た　まあ今日はゆっくりして行け」
ちゃぶ台に小笠原忠さんの思い出と同じ
うす汚れた泥人形が三つ載っていて
「支那の北斉時代のもんだよ
千五百年近くどこをどう渡ってきたのか
きのう板橋の古道具屋で一つ 50 銭で買ってきた」
玄関のほうで声がして先生は立っていって
「ああ金星堂か　あいにく八一先生は留守だ」

「でも　あの　その」
「本人が言うんだからまちがいない」
戻ってきてまたあぐらをかいて
「いつか柿の木の下で小便をしていたら門で声がする
かまわず入れと怒鳴ったら驚いた
坪内逍遥先生だったよ」
戦後のある日リヤカーに家財道具をのせて
目白駅のほうへ曳いていくのを鈴木さんは見かけたが
よんどころなく手伝えなかった

西脇順三郎先生は秋の日の午後
弟子たちと等々力不動のあたりを歩いた
「ポエジーは哀愁のフィクションがいい」
道ばたのスカンポの茎をかんでみて
「ほのかに青くさい　雨の日のヴィオロンの香りだ」
鍵谷幸信さんがふりかえる「ああ野道来て
何やらゆかしスカナ草」
「スミレ草　セミの声　カエルがとびこむ水の音
つまらんもの　無意味なものが
永遠のイメージとして残る」

超現実主義詩論はパリのシュールレアリスムとちがう
越後の土俗からうまれた新潟甚句
「詩人はそれ自身ゼロであってあらゆるものに変わる
猫又　カメレオン　孫悟空　ハンミョウ
無私無想の豹変が究極の理想である」
歩きつかれ話しつかれて九品仏前のソバ屋に入った
トラックの運転手たちと隣あわせのテーブルで
また話す　ロバート・フロストそっくりの太い声で
「小千谷縮みの機織り娘の子孫　女から生まれて
女の気持ちが分かる　私は女です」
テーブルに両手をついてすっくと立ちあがり
吃又のように肩をそびやかす
その秋の末だ　津田塾女子大学の帰りに
カサカサと踏む落ち葉に永遠の音を聞いたのは
多摩川上水ぞいの小道をひとり歩いて

暑さ寒さも

梅雨のころ飯田文雄さんは学生たちに誘われて
地下鉄の駅近くのコーヒー店でおしゃべりを楽しむ
「アメリカ人が寒い日にＴシャツ一枚でいるのって
私どうしても分かんない」松永典子さんが首をかしげる
「オーストラリア人はまたどうして暑い日に
革のジャンパーなんか着ていたりするんでしょう」
宮崎まりあさんは目を細める

「日本人は辛抱するね　暑さ寒さも彼岸まで」
飯田さんはココアをすする「ところがイギリス人は
愚痴をこぼしだした　産業革命のころ
卵のようにすべすべだった地球が人間の不服従のために
今や見るも無残なあばた面の廃墟になった」
「あら何もそんなに悲観しなくても」張佩茹さんは
ほほえむ「山あり谷ありのこの美しい自然を」

帰りの電車で飯田さんは立ったまま眠くなる
思い出す　ケルト文学研究の尾島庄太郎先生が真夏に
背広姿で炎天の下をてくてく歩いていたのを
重い鞄を左手に西巣鴨の家から早稲田の図書館へ
「汗が出るなら出ろ出ろ　いくらでも
そう思えば君　気楽なもんだ
さっぱり暑くない」

古典ギリシア語辞典編集の古川晴風先生は
真冬でもカーディガン一枚に足袋なし火鉢なし
畳いちめん本で足の踏み場もない書斎に一日ずっと正座
夕方ちかく素足に下駄でコリーを散歩につれ出す
吉祥寺の玉川上水べりを歩く「肉体は冷遇すると
どこでもすぐ強くなるね　兵卒のソクラテスもスパルタで
平気だった　はだしで霜柱をふんで歩いて」

電車をおりるとまた雨「気象庁発表では明日あたりが
梅雨明けだそうです」と林孝憲君は話していたが
「春雨よ　降るなら降れ降れ　いくらでも」
濡れるまま飯田さんは八王子のゆるい坂をゆっくり登る

濡れるまま T シャツや背広姿や鞄や下駄を思いながら
図書館や廃墟や渓谷や霜柱を思いながら
素足やほほえみや細めた目を

大股に歩く

古川晴風先生は大股に歩く
一歩一歩悠久の時間をまたぐように
菅田茂昭さんが６階の研究室から見おろすと
先生は校舎の下からカヌーのように中庭にあらわれ
ゆるやかに右舵をとり
美しい航跡をえがいて静かにゆっくり
研究棟の下に入る
そういう着実な足どりで
古典の文献を読んできたのだろう

古川先生はゆっくり大股に歩く
一歩一歩虚無の空間をまたぐように
昼休みに三朝庵前の横断歩道ですれちがったとき
先生は人混みの中に潜水艦のようにもぐる
海底から潜望鏡をあげて

波だつ水面をさっと見まわし
何一つ見のがさない
そういう鋭くきめ細かい視神経で
古代ギリシア語を研究してきたのだろう

メンタル・テンポ研究の
面白い博士論文がある
と菅田さんは教えてもらったことがある
さっそく三島二郎先生から著書を借りて読むと
古川先生の歩き方は面白いことに
ワーズワスの浮浪者ピーター・ベルに似ていた
それがまたワーズワス自身の歩き方にそっくりで
ティンターン村へ行く田舎道を1日20マイル
急がず休まず疲れもしない
大股にゆっくり歩いた

それからシャツの袖をまくりあげて本をひらき
二重レンズのメガネを調節するのを見たことがある
ぐっと顎をひいてページをめくって
鳩のように低く笑うのを聞いたことがある

だから想像してもいいだろう　先生が子犬を膝に
辞典類のあっちを見たりこっちを覗いたりして
ラテン語の単語の意味を確かめている姿を
そして真冬の道を素足に下駄で
ゆっくり散歩している姿を

あさましい世の中

明恵上人には驚いたと中野記偉さんが言うのは
「遺訓」に浅猿しい浅猿しいと書いていたからです
承久の乱があり実朝暗殺があり方丈記が書かれた時代
あさましい世の中だったのです

黒島伝治の小説にも中野さんは驚きました
頑固一徹の大隊長の命令でシベリアに進軍した中隊が
雪の荒野でつぎつぎ倒れて凍っていく
春には散乱する死体にカラスの大群が渦巻く

石田梅巌の『都鄙問答』も愛読書だそうです
そこに煩悩のうめき声がひしめいていて「汝は今朝より
幾万とも知らず五穀仏を殺してくらふ
日々の殺生あげて数へがたし」

いつからか中野記偉さんは思いはじめました
浅ましいとか浅ましくないとか誰がどう区別できるか
人間は生き物だけ食べて生きています
豚は殺されサンマは焼かれキウリは刻まれる

ある日つとめ帰りに中野さんは見たのでした
宅地造成のヒノキ林がチェインソーで切り倒されるのを
太い幹がごろごろ死体となって横たわるのを
腕をもがれ耳をそがれ傷口を赤く染めて

そして家に帰るとドアは木　柱は木　廊下も木
書斎の机も椅子も本棚も本も鉛筆も家全体が木の死骸
台所で家族が焼き芋を食べています
お茶を飲みながら話しながら笑いながら

最期の風景

武蔵村山の老人ホームで
車椅子の宮本きぬさんは３階の廊下の窓から
ながめます　夕暮れ近い平地にくすむ住宅や工場
黒ずむ丹沢の山なみ　まだらに白い富士山
このあたりはもとはお茶畑か桑畑だったでしょう
その前は浅茅が原　もっと前はタヌキが住む雑木の森
青梅街道の駕籠かきも三本榎の茶屋で団子をたべて
羽村の渡しあたりで追剥にあったかもしれない
「ここの皆さんはどう思うのか　今この窓から
こうして見える５月の末の風景を」

90歳をこえた人たちの老人ホーム
残堀川の土手を子供たちが
走っています　手に手に風車をもって「がらぴー
がらぴー　がらがらぴー」と唱えながら

叫びながら　それがふしぎに般若心経の「ぎゃあてい
ぎゃあてい」という呪文のように聞こえて
「ああ往ける者よ」という説教の文句を
思い出させる「ああ往ける者よ　彼岸に往ける者よ
まったく彼岸に往ける者よ　幸いあれ
幸いあれ　スヴァハー」

「蛸に逃げられたことがある」宮本きぬさんは
笑いました「勝手口の外に置いた手桶から
漁師の子が竹篭にいれて届けてくれたんだけどね
広島では海べの貸家に住んでいた」
陸つづきの小さい島　石垣のトカゲ　崖下のワラビ
穏やかな夕もやがたつ5月には瀬戸内海は
どんなに金色にかがやく豪勢な夕焼けだったか
「でも逃げられてよかったわよ　あんな気味悪いもの
どう料理していいか分からなかった
結婚したてで」

建築家の夫に召集令状がきたとき
水戸の国田村に疎開しました

8歳と3歳の子供に赤ん坊をつれた4人
丘のふもとの農家の隠居所に住みました
小学校で作るという梅干のためにどこかの農家で
青梅を分けてもらおうと田んぼの一本道を行くと
娘が息せき切って帰ってきて
叫びました「お母さん　お母さん　日本は
戦争に負けたって」「ああ黙って黙って
お巡りさんに聞こえる」

そして武蔵村山から立川の中央病院に移されたとき
宮本きぬさんはもう窓の外を見ない
諏訪の森公園のケヤキの枝がにわかに揺れて
ツグミの群れが今どこかへ飛び立とうとしているのも
3階の病室で点滴と酸素吸入
薄目をあけて「ご飯はたけたかね　ああお寺は
すぐ申し込んでおいたほうがいいよ　夏はこむから」
そうして旅立つとき　目を細めて閉じて　スヴァハー
歯のない口をあけて　ぎゃあてい　ぎゃあてい
骨ばった手がベッドの柵をつかんで

葬式の後で

誰かが死ぬと　俊彦君よ　見えなかったものが
見えてくるね　そう思わないか　編み物が速かったとか
叱るときは才気煥発だったとか
変わって見えてくるのは自分自身が変わったからだろう
とにかくありがたい　どんな人にもどこか本当に
偉いところがあったと分かってくるのは
ほら　話している　隣の部屋で熱心に
伯母さんたち伯父さんたちが

　「建築設計事務所をひらいたときお父さんは言ったわ
　さあおれは一国一城の主だ　もう宮仕えじゃないぞって
　あれは大変な決断だったのね」

　「お母さんはときどき言葉に刺があったな
　小学校の跳び箱で足首をくじいたら　男のくせに何だね

意気地なし　豆腐の角に頭ぶつけて死ねなんて言う
担任の先生の前でだよ　ぼくは忘れないな」

「あの二人とも　ああ嫌い嫌い　さんざん甘やかして
今さら何よ　遺言書を作っておいただの
遺留分は請求するなだの
もう土下座して謝ってもらいたいわ」

「景気がいいときだけ子供を甘やかしたのさ
終戦直後は相当厳しかったもの　食べものも着るものも
ああいう浮き沈みに耐えられる子供と
耐えられない子供がいた　ただそれだけの話さ」

「身内は分からない　分かろうとしない
親がどんなに働き者で苦労してどんなに孤独だったか
それが分かるのは赤の他人」

ほら　あんなぐあいだ　俊彦君　ものは見たいように
見えてしまう　そう思わないか　誰がいつ死のうと
変わらない人は変わらないよ　どんな経験も

経験にならない人がいるんだ　欲張りは一生欲張りでね
損しまい損しまいとしてどこかで大きく損している
それでも　まあ　いろいろ承知の上で年寄でも若者でも
みんな何か偉いところがあると思うんだな

納 骨 式

西多摩霊園で佐藤真理人さんはお経を聞きながら
こうして何もかも線香の煙とともに消えていく
と思っていると墓石の下から
出てきました　磯野友彦先生の亡霊らしい影が
「暑い日に皆さんなぜお集まりですか
おや皆さんの足もとに何か黒いものがありますね」

佐藤さんは驚きました　死ぬといろいろ
分からなくなるのか　それでいて亡霊の影は
石橋湛山居士を訪ねていく「あのう　田中王堂先生は
その　どんな方でございましたか」
「そうさね　ひとめ会えば分かるがね　話しぶり考えぶり
君そっくりの男だったよ」

亡霊の影はさらに金本源之助さんを訪ねていく

「ある日あんたは私のレインコートを着て
帰ってしまった　それで私はあんたのを着て帰ったら
ポケットの穴から切符を落として
渋谷の駅員にえらく叱られた」

佐藤さんは驚きました　影は栗田直躬翁をも訪ねます
「見合いを世話していただいたとき相手に
言ってくださったそうですね　見かけでは断るなって」
「言ったかもしれん　器量よしがめだつ男は
遠慮したほうがいいよって」

それから影が戻ってきて佐藤さんにふかぶかと
おじぎします「偉くなったら人間はおしまいだって
私言いましたか　言ったでしょうね　そんな不遜なこと
忘れてください」そして墓石の下にすうっと
入って行きました「どうか忘れて」

もちろん人は忘れます　しかし誰が死んでも
すべてが変わることはない　優雅なサンタヤーナの
逍遥哲学もサマーヒルの反体制教育論も

むずかしいことをやさしく説いた民主的な普段着の文体
ソクラテスを思わせた無骨飄逸の顔立ち

「それでは皆さん　懇親会へ」磯野たか夫人が身軽に
歩きだしました「どうぞ羽村の魚観荘のほうへ」
高頭直樹さん「道が複雑ですけど方角分かりますか」
石関敬三さん「ああ方角　分かる　分かる　なんとか」
川部信造さん「私は　えーと　秋川駅へ出ます」

魚観荘はもと名主か何かの屋敷だったのかもしれない
２階の手摺から見下ろすと広い池に鯉が群がって
みんな黒い玉石のようにじっとして動かない
佐藤真理人さんは驚きました「鯉の弔いですかね
客が大勢来たと分かって」

秋 日 和 の 悲 し み

秋日和の一日　粟野博助さんは裏庭で
カエデの葉を一枚取りました　栞になりそうな葉を
平田耀子さん編集の『本間久雄日記』をひらくと
昭和34年6月16日に書いてあります
「坪内逍遥先生が近松の机を模倣して作られたる机
そは今余の日常凭りかかり居る机なり
欅塗やや茶がかりたる春慶かとも見えて
縦高八寸四分横幅三尺向うへの幅は一尺二寸」
すると粟野さんは急にさびしくなりました
かつて丸善に勤めて高田老松町のお宅に
何度も洋書をとどけに行ったのを思い出したのです
そして正午にラジオ体操
午後は夕食の買い物
夜また『日記』をひらく「矢野峰人氏の
東洋大学学長就任祝賀会　西条八十　島田謹二

福原麟太郎氏などに逢ふ　あわただしき一日なり
されどまた心地よき秋日和なり」
机の端に置き忘れたカエデの葉が乾いて
焦げ茶色に縮んでいます

秋日和の一日　福井俊彦さんは瞑想にふけりました
裏庭のカエデの木の下で「葉一枚の葉脈が
その木の枝ぶり全体を表すように一日の生活が
生涯全体を表すとしたら自分は
いったい何者か」
すると福井さんは急にさびしくなりました
小柄の竹内理三先生が謝恩会の椿山荘で
背の高い卒業生に
ビールを注いでいたのを思い出したのです
「これからが人生の山場だね　何か偉大なことを
なし遂げたまえ　諸君には今までの
ほぼ３倍の長い歳月がある」
塙保己一のように膨大な『続史料大成』を編纂して
第51巻を刊行したばかりの老学究
夜遅く帰りの電車で福井さんが一緒に並んで座ると

先生は空也上人みたいに顎をつきだして虚空を見つめ
大正時代末期の貧乏書生だった学友に吐露するように
つぶやくのでした「人間の一生にできることは
知れてるね」

空 き 地

見晴らしのいい丘の上の百坪ほどの空き地
佐々木寛さんは自転車で通るたびに思います
「どうだろう　新谷敬三郎先生がここに移り住んだら」
西側のすみにマルメロの木が一本
黄色い実をつけています

「郊外に住むのもいいんですがね
電車を待たされたりするのが嫌いでね」
新谷先生はわがままでした　比較文学研究室で
年誌の校正刷りを前に「マルメロ　マルメラードフ
マーマレード」などとつぶやいて

ドストエフスキーが部屋の中を歩きながら妻に
小説を口述していたと知って芭蕉が更科紀行に寝床で
うめき伏して句作していたのを思い出したという

「それで創作の立俗と座俗に気がづいた
中国では馬上枕上厠上とも言うそうだが」

そして「『白痴』を読む」を雑誌に連載してから
退職してずっとバフチン著作集を訳しているのかな
と佐々木さんが思っていたら小金井のホスピスで
急に亡くなりました　パソコンで語彙索引をつくり
山村暮鳥論を書きはじめて間もなく

アルカイダが旅客機を自爆ミサイルにして
世界貿易センタービルに激突したころ
空き地のそばを通ると夕陽をあびたマルメロの木で
ヒグラシが鳴いていました　夜に鳴くスズムシや
ウマオイたちへの明るい序唱として

散歩にきた柴犬がそこで放され
まっすぐマルメロの木のほうへ走っていく
しゃがんで後ろ足で土をけってから草を嗅ぎまわり
少女がいくら呼んでも
戻ってこない

「みんな同じですよ　新谷先生　長く生きていても
これまでどおり生きているだけ　人間も犬も虫も草も
何一つ変わらない　マルメロの木も夕映えの雲も」
変わったのは新谷先生だけ
もうこの世にいない

いないけれども佐々木寛さんはこのごろ駅で
朝早く新谷先生によく似た若い人を見かけます
左腕を黒い鞄の取っ手に肘までとおして
うつむいて歩いては立ちどまって
電車が来るほうを見て

皿をなめると

骨をしゃぶって皿に及ぶ
などと言いますね　食べ終わった後で皿をなめると
それが本当においしかったと改めてよく分かって
驚きます　みっともない作法だけれども

工藤直太郎さんは104歳で亡くなる少し前
「皿をなめるのはおれも好きだ」と言って笑いました
「人生も同じだ　まあ恥多い生涯だったがね
余命いくばくもない今になると
改めてよく分かる　本当に楽しい毎日だったことが」

粗食の健啖家だった工藤さんは豆腐や納豆など
何もつけずに食べていました　醤油もネギも辛子も
「とりわけ香辛料は容赦なく抹殺するよ
食材固有のアイデンティティーを」

そして冬でも陽当たりのいい縁側で
メガネなしに英文マイニチをひろげて読んで
眠くなればその場にごろんと横たわって昼寝でした
ロンドンのサザビーズで買ってきた1765年版の
シェイクスピア全集を枕にして

「あの超俗ぶりも楽しい毎日だったよ」
今ごろ彼岸で一人ほくそ笑んでいるかもしれません
「でもあきれるね　ここで改めて分かるんだからね
人生は本当にすばらしい奇跡だったことが」

副 手 だ っ た 人 た ち

みんな若者で学生で副手だったのは
今は夢のようです
85歳になる中尾ハジメさんが目をとじると
仁戸田六三郎先生が8号館の大教室で4百人の学生に
宗教学概論を講義しています　辻説法の調子で
副手4人が出席カードを配りに行くと
「おーい　みんな　敬遠しろよ　この青二才たちを
こいつらは世界的な大学者の幹部候補生だぞ」
先生は教壇の椅子に全身沈みこみ両脚を高く机にのせ
底に穴のあいた靴と靴の間から顔をのぞかせて
話していました

知識もなく個性もなく何者でもなく
文学部2階の事務所の戸棚のかげに詰めていたのは
すでに夢の夢のようです

村田勝彦さんと小山宙丸さんが頭をよせあって
哲学科の『フィロソフィア』の原稿を点検していました
「あれ　この字　厳密に言えば間違いじゃないかな」
「うん　厳密に言わなくても間違いだ」
杉山博事務長が「なんだね
校正刷りかね」と言って戸棚から
書類を出していました

大磯のプールで冨田正利さんは
予備体操なしに飛びこむ　中学生の水泳選手のように
高いダイヴィング・ボードから垂直に
中尾さんもおそるおそる飛びこむと
腹を強く打って苦しくて苦しくて息がつけない
「水面は鉄板にも岩盤にもなる」冨田さんは
コメントしました「それは人がそこにどう飛びこむか
高さと角度と姿勢による」
村田さんは感心する「心理学者は明快に説明できるなあ」
あれは冨田さんの中古のブルーバードで
熱海の双柿舎へ行く途中のこと

そして北軽井沢の学生寮に泊まったとき
小山さんが加わりました　中村英雄先生の別荘から
「この間の夜バーベキューでね　おれが食べかけた肉を
火の中に落としたらその美人が
器用に箸でひろい出して」
品田三和一良さんが驚く「それで?」
「それでその美人が食べちゃった」
「おおっ　あぶない　あぶない」
品田さんはフランスの恋愛小説を訳していました
モンブランの太いペン先で
みんな独身でした　品田さん以外は

つぎの朝ぶらぶら白樺林を歩いて
鶴見祐輔氏の別荘の敷地に迷いこんだのは
もう夢の夢の夢のようです
女中さんやお嬢さんのような人たちにあやまって
笑いながら手をふりながら敷地から遠ざかると
人っ子ひとり見えない県道に出ました
白く乾いた舗装の上をカタカタカッタン
コトコトコットン　下駄をひびかせて歩いて

品田さんがハンカチでタクトをふる
「ミュジック・コンクレート！　平凡なる音の神秘の
非凡なる再発見！」

副手室が地階の奥に移ったのは翌年でした
中尾さんが出席カードを持ち帰って「また雨ですね」
と言うと秋永一枝さんが驚いたように
見あげました「関東北部ね　あなたのアクセント」
「ああトンボの目だ」と平沢悦郎さんがつぶやきました
受付の森尾武萬さんは倉橋健先生の財布に5千円札が
何枚も入っているのを見たと言う
鳥越文蔵さんはぐっと顎をひいて
微笑を浮かべる「いくら入っていたからって
毎日使っちゃうわけじゃないだろう」
「ああ馬の微笑だ」と平沢さんはつぶやきました
みんな貧乏でした　小山さん以外は

すべて1955年の頃のこと　あれから数十年
みんな同じ勤め場所で何をしてきたかを考えると
夢の夢の夢のまた夢のようです

権威主義をきらい世俗主義をさげすんだ人たち
大学紛争時代の教務を手伝い学会の事務を手伝い
こつこつ骨身をけずって古典文化や美術史や
宗教思想を研究してきました　色彩感覚の心理学や
教育制度の改革　日本語アクセント変遷史
伝統芸能論　比較文学論　ひたすら調査し記録し
検証し公刊して

ツグミの春

春です　ツグミが草地におりてツーツーと歩く
首をかしげ耳を澄ましチラッと見まわす
人間だってこんなふうだよと言うように

平林明正さんは職場をいくつも替えながら
ツグミの聞き耳を持っていました
練馬駐屯の陸上自衛隊で初任給をもらうとき
腹の虫が地団太を踏んでくやしがったものです
「こんな所でおれは一生終らんぞ」

春です　ツグミが草地を歩いて地面を突く
チョンチョンと突いて首をかしげツーツーと歩いて
つまみ出す　ミミズのようなものを

平林さんは茅野に帰って百姓になりました

頑丈なツグミのくちばしを持って
八ヶ岳の麓でサトイモを掘りニンジンを抜くとき
やおよろずの神々に感謝しました
「明珠老蚌より出ず」

ツグミは桜の木にあがってサッと見まわし
くちばしを枝で拭く　春に必要なのは正確なカンと
頑固なヘソマガリだと言うように

それから姿を消しました　アッという間に
平林さんもまた郷関を出て行方知れず音沙汰なし
自衛隊に戻ったのかもしれません
鳥には落ち着くねぐらがあり人間には
何もないんだと言うように

今かすかに風が吹いて止んで遠くの曇り空に
ヘリコプターのうなる音　急患の兵士を運ぶのか
訓練用の砲弾を運ぶのか

戦争が終わるころ

中尾ハジメさんは思い浮かべます　ウメ叔母さんが
広い田んぼの畦道をすたすた歩いてきたのを
戦争が終わるころ白いパラソルをまっすぐにさして
フジコさんとツグコさんを前へ走らせて

叔母さんは縁側に片膝たてて座って足袋を
ぬぎました「ありがたいわ　途中でふる里のカエルに
小便をかけていただいちゃった」
それから早お昼を食べて一人すたすた
帰って行きました「3度目の空襲で赤羽は焼け野原
でもどうにか生きのびなくちゃ」と言い残して
白いパラソルをまっすぐにさして

フジコさんは従兄のソロバンに滑り粉の袋を縫って
幼稚園で聞いた「お婆さんと小人たち」の話をしました

ツグコさんは叫びました「手品よ　みんな驚いて」
明治キャラメルの箱から小さい塵取りを出しながら

二人が東京へもどったときウメ叔母さんは泣いて
叱りました「ああ　どうしてがまんできなかったの
もう少しで戦争が終わりそうなのに」
フジコさんは赤羽小学校の焼け跡整理に行って
防空壕の入口で低空飛行のグラマンに首筋を撃ちぬかれ
石段の下で息絶えました「おみず　おかあさん
おみず」とあえぎながら

ウメ叔母さんは93歳まで生きました
蓮田のツグコさんの家で孫たちの縫い物をして
「子供は親より先に死ぬものじゃないよ
いずれはみんな死ぬんだけれど」

13回忌の法要に白足袋の人が赤ちゃんをだいて焼香して
近づいてきて目を細めて「次女のツグコの
長女のトモミです」と言って笑うのを見ると中尾さんは
思い出しました　叔母さんも鼻の右下に

小さいほくろがあったのを
そして青田の中を遠のいていった白いパラソルを
倉のわきから見送っていたおかっぱ頭の二人の少女を
戦争が終わるほんの少し前に

一国者

向田夢閑さんが86歳で亡くなりました
一国者と言われた人　戦争からもどって農家の婿養子
役場の出納係　小学校教師　博労　最後は古本屋

　　一本の欅に一匹の蝉の声

「俳句はどうもね　短歌も漢詩も」夢閑さんは首筋を
さすりました「定型はどうもね　気抜けがしてね」
それでも思いうかぶ　武士の辞世めいた文句が

　　銃剣で突き刺す支那の夏の雲

夢閑さんは学問にも商売にもむかなかった
お客次第で稀覯本を売値で買い買値で売っていました
それでも口をついて出る　禅僧の喝めいた文句が

蜉蝣の池を這いだす蛙の子

見目徳造さんが定専寺の住職に話しました
「あの人は背丈６尺はありましたな　無口のどもりで
じろっと人を見くだす　小馬鹿にしたように
特高の拷問はひどいもんでしたろう　殴る蹴る吊るす
気を失えば水をかけ気がもどれば調書に署名しろ
こう言っちゃ何だが赤カブくらいなもんでしたよ
昭和塾の名簿に向田っていうのがあっただけ
よせばいいのに葉書か何か出したことがあるんですな
それでビルマへやられた　牟田口連隊の上等兵
全軍壊滅のインパール作戦ですわ　無鉄砲な進軍突撃
20万人が死んどります　食糧補給は絶たれる
マラリアにはかかる　土砂降りの谷を退却して
よろよろ這いもどると憲兵につかまって軍法会議
脱走兵として銃殺刑
を宣告されたら
終戦です」

静 か な 人 よ

イディッシュ文化論でもいいし
シュレミールの笑い話でもいいんですが
と言っていくら講演を頼んでも
引き受けてくれなかった西川政和さん
　　ああ途方もなく静かな人よ
と思っていたら1970年前後の学園紛争期に
教職員会議で「困りますね　森谷さん　あんたは
学部長なんかになるべき人じゃありませんよ」
と発言してみんなを驚かせました
　　すると西川さんは妙に頑固一徹
ぴたりと口をきかなくなったものです
正確に感じとった真実を
胸に小さく閉じこめ抑えつけ歪ませしぼませ
どんどん不毛になっていく人よ
と思っていたらこの夏の初めに冠動脈破裂で

急に亡くなりました
　どうやら芯の弱い柔和な自分の性質を
あまりに意識しすぎて影を薄めた人のようですが
そうとも言いきれない紙片が書斎の机から
出てきました　気まぐれなエレジーか
きまじめなカブリチオふうのものですが

　　アミチャイの静かな少女よ
　私の両親がもしユダヤ人であなたの両親と
　同じアムステルダムに住んでいたら
　出会っていたかもしれません　あの1944年に
　アウシュヴィッツかベルゼンで
　　あなたは15歳　私は5歳
　有刺鉄線の柵のむこうから紙ヒコーキを
　拾ってくれたかもしれません　ハコベの花をそえて
　尋ねてくれたでしょう
　　「お母さんはどこにいるの?」
　　「知らない」
　　「お父さんはどこ?」
　　「知らない」

113

「名前は?」
　そして私も大きなガス室の建物に
入って行ったでしょう
　あなたのすり切れた赤いスカートの裾の
　はだしの後から

それから鉛筆書きの細かい字は何だろう
と思うと「まわり道」という青春追憶の恋愛抒情詩
純情な歌謡の試作だったかもしれません

　あなたは遠まわりしてきた
　　広い稲田のあぜ道を
　　農家に嫁ぐ前の明るく美しかった人よ
　丘の上の小さな町へ行った帰りに
　　ニラの花咲く庭のむこうを通った
　　　倉のむこうの門道を

　ああ立ち寄ってくれればよかった
　　呼び止めればよかった
　　遠慮がちに優しく誠実に生きていた人よ

あなたは笑顔で黙って通りすぎた
　都合で通ることになったまわり道で
　　期待など何もなさそうに

でも一瞬の戸惑い一瞬の恥らいが
　生きる道筋を変えてしまう
　働き者の農婦になった力強く賢い人よ
過ぎた一瞬は永久に戻らない
　庭さきにニラの花は咲くけれど
　　門道に村の人は通るけれど

変身を願って

「氏家高女の頃はまるでスズメバチ」野口ユキさんは
作文に書いています「家庭の事情で師範学校は無理
女子挺身隊に入り皇国の礎になろうと考えました」
いわば大東亜戦争の申し子として
変身を願っていたのです

変身といえば50キロの土嚢を首にぶらさげ
爪先で大股に歩いて体を鍛えていたピストン堀口
エチオピアの高原を裸足で走っていたビキラ・アベベ
運動神経は使えば使うほど黄色いリンパ液がふえて
神経腺が太くなる

しかし今　霧雨のふる朝　椿の枝さきに
開花しないでしまった蕾が黒く固く光っています
拉致されたまな娘にひたすら会いたかった横田滋さん

カトリック信徒でいて一家4人熱海の崖から
車ごと海に跳びこんだ大場啓仁さん

偶然か必然か　変身を可能にしたり
不可能にしたりする非情冷徹な運命の掟があるのか
それでいて今でも　つゆ晴れの午後　急な坂道を
黄色い帽子に赤いランドセルの子が駆けあがってくる
すぼめた傘を片手にスズメバチのように

野口ユキさんは戦後まもなく上京して
朝霞キャンプで働きながら早大夜学　英字新聞記者
妹をドライブに誘い秦野市に家を買い
「さあ造園を学ぼう」
と思って51歳で亡くなりました
ひたすら変身を願いつづけて

馬よ　ああ馬よ

小林義夫「ヘッポコ馬と父ちゃんは言った
　　だけどおれはアカと仲良しだった
　　近寄ると頭をすりつけてきたし
　　腹の下をくぐりぬけても蹴られなかった
　　田打ちで前の左足首を捻挫したことがある
　　父ちゃんが何か無理をさせたんだ
　　おれは墓場わきの小川で足を冷やしてやった
　　土手の草を食べている間バケツで
　　背中へ水をかけ薬縄のタワシでこすった
　　濡れ手拭いで耳の中をぬぐうと
　　ブヨがつぶれて手拭いも手も
　　まっ赤になった
　　そして小雪がふっていた朝だ
　　アカは腰が抜けて立ちあがれない
　　キウリもトウムギも食べない

118

腹這いで頭はすこし動かしていた
だけどおれを見ておれが誰か分からなかった
赤堀の男が2人来て
アカの脚を4本とも麻縄でしばって
荷車に横倒しにのせて
運んで行った」

上野タケヨ「姉が嫁いだのはね　豪農と言われた家
　本当は和菓子屋の縁談のほうがよかったのに
　だって姑が近所じゅうこぼし歩いたっていうもの
　うちは仲人口にうまく騙されたって
　馬も鍬も使えない娘っこだったの何だの
　まっ赤な嘘よ　もちろん　おまけに婿殿が遊び人でね
　競馬の賭けごとなんかに夢中なの
　それで3町歩の田は姉が一人で馬を使って耕した
　がまん強い働き者　と言うより意地っぱりの愚直ね
　本当よ　満30歳になった夏の朝　馬をつれて出て
　夕暮れに馬だけひょっこり帰ってきた
　姉は宇田川の灌漑用水路の堰に浮いていた
　生まれて間もない女の子を残して」

赤羽和巳「黒玉を手のひらにのせて出すと
　馬よ　ああ馬よ　唇でくわえて取って
　ゴリゴリと嚙んで食べた　ときどきおれは
　裸馬に乗って鬼怒川の草地へ行って放して
　茂りほうだいの柔らかい草を腹一杯食べさせた
　夏は馬も人間もあまり仕事がなかった
　おれは浅瀬でカジッカを手づかみで４匹とった
　それから　おーい　帰るぞ　おーい　と叫ぶと
　馬は遠くからダグ足でもどってきた
　帰る前にほんの少しと思って広い平らな草原を
　右へ左へと走らせた　馬よ　ああ馬よ
　馬はパッと右向きになって止まった
　おれはあっさり前へ投げ落とされて肩を打って
　左の鎖骨を折った」

杉山アヤコ「よく夢に見ます　ふしぎな荷馬車を
　実際にその荷馬車を見たことがあるんです
　氏家の女学校からの帰りにです　丘の上の宝積寺の
　あの両側が雑木林のさびしい県道で
　荷馬車は近づくとふしぎに何の音もしなかった

車輪の音もひづめの音も

馬はりっぱな栗毛の駿馬でしたけれど

馬子は年寄りの猿みたいな小男です

積み荷は白い布に包まれた骨箱が 20 個か 30 個

どこへ届けるのか　たぶん陸羽街道に出て

鬼怒川の鉄橋をわたって岡本のゆるい坂をのぼって

空襲で大勢亡くなった宇都宮の火葬場かお寺か

ところが県道から村道が左へ斜めにそれるあたり

清原村へ丘をおりていくあの細い村道ですよ

あそこの一軒家の裏あたりでね

荷馬車が急に止まって揺れて震えだして

ふんわり浮きあがるかと思うと崩れ薄れて

ふっと消えてしまった」

奥島恒次「田植えの代掻きにさ

アオのやつ突然ヒエーンと長い悲鳴をあげて倒れて

死んだ　鼻からなまぐさい息を出してさ

おれは半てんに半ズボンで鼻取りをしてたんだが

泥田に座りこんで　あの重い首を膝に抱いて

アオ　起きろ　アオ　立て　って泣きながら言って

たてがみを手ですいたり肩や腰を叩いたりした
なにしろあいつは恰好がすらっとして
気品のある奴だったからな
そして終戦の日だ　8月15日　鬼怒川の原っぱで
おやじと草刈りをしてたら　なんだろう
騎兵隊だよ　10騎くらいの一団が現われてさ
鉄砲を背負って全速力で土手をさかのぼって行く
ああそのなかにアオそっくりの馬がいた
アオ　行くな　アオ　止まれ　って叫んじまった
もちろん　それはそれでそれっきりさ
でもあの騎兵隊はどうしたか
羽黒山のてっぺんで空砲を何発も撃って
鉄砲も馬も山の神に奉納して
みんな帰ったな　それぞれのふる里に」

蝶

「千穂ちゃんが一人南シナ海を渡って行った」
塩田勉さんは姪が送ってきた絵ハガキを見てつぶやく
「ラオスの国際協力事業団へ愛犬レナをつれて」

「春」という奇妙な一行詩を思い出したのです
「てふてふが一匹韃靼海峡を渡つて行つた」
という変哲もない言葉の組み合わせから発散する
熾烈な悲劇のスリル

破擦音に促音をかさねて間宮海峡や
軍艦茉莉に関連させたあたりを考証するとどうやら
和風モダニストの隠れ反戦詩だったかもしれない

蝶はたぶん軍用機ということになるでしょう
蝶は卵をうむ　卵から青虫が這いだす　青虫は

若葉をかじり花芯をむさぼりむっくりむっくり育つ

見るといい　蝶の飛ぶ機敏さを　あらゆる瞬間
あらゆる方向へ反転する目くらましのジグザグ飛行
誤解させながら目標へ近づく不規則性と断続性

「とにかく知識ではない　直感だ」塩田さんは首を
すくめます「千穂ちゃんは身につけていた　砂漠でも
沼地でも器用に生きのびる昆虫の技法を」

しかしレナはどうか　あのおっとりした愚直な犬
もしラオスにも美しいアゲハ蝶やシジミ蝶がいるなら
マラリア蚊もツェツェ蠅もいるにちがいない

蝶と犬と人間　そのどれが一番のびのびと
一番しあわせに生きられるか　楽園の赴任先がもし
テロリストの侵入する僻地としたら

後じさり

横浜の打越に住む加島祥造さんは屋敷の草木を
茂りほうだい荒れほうだいにしていました
小学校帰りの少年がこっそり庭にしのび込んだりすると
加島さんは二階のガラス戸のカーテンから
そっと藤椅子をずらして後じさりする
国木田独歩の「竹の木戸」にも似た場面がありました
井戸水をもらいにくる隣の植木屋の女房が
窓下に置いた炭俵からこっそり炭を一本抜きとり
素早く前掛けに入れるのを見ると大庭真造は障子から
そっと後じさりする

ところでフランシス・オットー・マッシセンですが
あの人は明快な批評論を展開していました
「国家は強くなるにつれて堕落する
その頽廃過程を知るのにマルクシズムの理論は役立つ」

と書いたら権力の偏見がハーヴァードにおしかけてきて
おおっぴらに中庭を踏み歩きました
非米活動調査委員会に喚問されたとき
「自由の侵害はすぐに指弾しないと危険だ」
と言ってその半年後に 48 歳で
自殺しました

加島さん自身小学生のころを思うと
大人はみんな後じさり後じさり後じさりして崖から
落ちて行きました　万歳を三唱しながら
紀元節は子供たちを裸足の直立不動で校庭にならばせ
教頭が奉安殿からうやうやしく教育勅語を捧げもってきて
校長がそれを拝受しておごそかに読みました
高天原にまします大御神の
いかにもへりくだった召使らしい卑屈な声で
「朕惟フニ我カ皇祖皇宋国ヲ肇ムルコト宏遠ニ
徳ヲ樹ツルコト深厚ナリ……」
そして斉唱しました　ああさざれ石の巌となりて
苔むすかばね　草むすかばね……

後じさりしなかった人はいました　ごく稀に　依怙地に
『蟹工船』の作者のように　率直に　頑固に
けれども投獄拷問で変わりはてて面会を許された母親は
息子の着物の襟をあわせ額をなでて「これ　立たねか
もう一度立たねか　みんなのために」
と言って頬に頬を押しつけて　こすりました
戦争は公然と2300万人を殺して今や追悼式で
政治家は挨拶します
「私たちが享受している平和と繁栄は
戦没者の尊い犠牲の上に築かれたものであります」
そして敬虔な面持ちで参拝する
戦犯も戦士も
一緒に祀られている神社に

二階のカーテンのかげで加島さんが目を閉じると
あざやかに見えてくるのは異様な聖域の異様な光景です
冷厳な拝殿の奥で
あかあかと燃える鬼火
皇運を扶翼して臣民を後じさりさせた権力中枢の英霊たち
招魂斎庭の隅で

ぷすぷす燃えくすぶる鬼火
鴻毛の身軽さで後じさりした青年勇士の英霊たち
加島さんは目を開け身震いして
カーテンから遠のく
「おお気まずく煉獄に同居する不運の鬼火たちよ
同床異夢のうちにいつまで燃えつづけるのか
いつまでくすぶりつづけるのか」

遺 伝 子 の 夢

「皆さんが受け継いでいる遺伝子は約350万個
われわれは今それを一つ一つ突きとめております」
村上和雄先生は笑顔で話しました　鎌倉円覚寺の講堂で
「いい遺伝子をオンにして悪いのをオフにすれば
人間はテロだの詐欺だのバカなまねはしない
みんな仲良く笑って暮らす」

「ああ科学のすばらしい夢よ」森常治さんは首を
横にふります「原子核や中性子は何を生みだしたか」
ものすごい核弾頭の爆発　ものすごい放射能の拡散
遺伝子の操作は地球を恒久平和の楽園に変えるか
月を移住可能な惑星に変えるか
「ああ昔に戻れ　単純素朴だった昔の世界に」

昔クリュシッポスという爺さんがいて

頭陀袋を肩に裸足でアテネの町はずれを行くと
裏庭で婆さんがロバにむりやり葡萄酒を飲ませています
食べすぎたイチジクを早く消化させてやるために
ソフィストは笑いだして笑いがとまらなくて
笑いながら死にました

「昔には戻れない　世界は複雑怪奇になっていく」
岩崎務先生はぽそぽそ話しました　西洋哲学史の教室で
「鶏が納屋に入って籾を食べすぎたことがある
私の祖母はムシロに座らせ唐辛子入りの水を飲ませて
うちわであおいでやっていた　誰も笑わなかったが
あれはあれで医学の夢だった」

「便利至上主義に憑かれた科学よ」森常治さんは
嘆きました「遺伝子一つ一つの正体をあばいて最大限に
利用する　良いのをオンにして悪いのをオフにして」
全知全能の悲願のはてに人間はどう生きるか
生物の加齢老化を加減したり
地球の衰退滅亡を操作したりして

空 き 家

大野友徳さんはバスを一停留所手前で降りて
丘つづきの奈良橋一丁目あたりを歩いてみる
空き家らしい庭の栗の木の茂みから
コジュケイが飛びたちエノコログサの草むらに
オニユリが一本咲いている

人間がいなくなると自然は大急ぎで野生に
もどるらしい「おかしくも悲しくもありセミの声」
と思いながら大野さんは霊性寺や釣堀や
子供学園の裏を回り道して
帰ってきた

門の郵便受けにリーフレットが入っている
立ち読みすると使用済み核燃料の無害化技術は
世界の誰一人まだ知らないという

放射能の発散は5万年もつづくという
そんな物をどこでどう処分するのか

「おれも屋敷を引き払ったら」大野さんは
楓の幹に触ってみる「幽霊になっても戻らない」
空き家の子供たちは落葉で栗の実を焼いて食べて
笑ってしゃべって育ってどこか遠くへ
越して行ったのだ

見捨てられた小さな自然
いずれ野心家が敷地を買って更地にして
ロボットか何かの修理工場を作るかもしれない
5万年後はこのへん一帯が活火山か
海溝の深い底かもしれない

搭　乗　者

ニューヨークの空港を離陸してまもなく
ハイジャックされたと知った運の悪い搭乗者たちよ
座席で何を祈っていたか　ベルトで腹をしめ
上体を二つに折って頭をかかえ目をとじ耳をふさいで
機体が世界貿易センタービルに激突したとき
どんな轟音どんな衝撃だったか

搭乗者は灰燼となって飛散した
2001年9月11日　高層ビルの従業員3千人と一緒に
ビンラディンの狂信者7人と一緒に
自爆テロはどんな至上の権力に促されたのか
どんな至高の信念どんな天の配剤に
どんな悪の経綸に

「科学は止められない　スローダウンもできない

もちろん後戻りも」並木美喜雄さんは
研究室でうつむく「発明発見が否応なしに世界を変える
人力車から電車へ　汽船へ　飛行機へ　宇宙船へ
それを悪魔が抜け目なく利用して人間に
自滅の地獄行きを画策させる」

旅客機が激突したとき搭乗者は叫んだか
妻や子供の名前を　どんなに家を出なければよかったか
どんなにソファに座って犬の頭をなで紅茶をのみ
テレビを見ながら誰が予想できたか
差出人不明の封筒をあけると白い粉末がこぼれて
それに炭疽菌が含まれているなどと

「病原菌は不死身　悪魔が不死身であるように」
佐土原義博さんも研究室でうつむく「病原菌はすぐ
変異する　さらにたちの悪い怪物に
天然痘がペストに　ペストが結核に　結核が癌に
そして脳細胞が溶ける狂牛病
毎年3百万人が死ぬエイズ
もとは大地にひそむ単純素朴な微生物だったのに」

炭疽菌は誰かが見つけた　アメリカ南部の牧草地で
それはたまたま土くれから採り出され
切り離されて変異した　浮遊する人間のように
迷走する組織のように　永久に消滅しない殺虫剤や
枯葉剤や放射能と一緒に
すべては改善のつもりの自業自得
浅慮無常の不甲斐ない道行き

悲運の搭乗者たちよ　悲憤の狂信者たちよ
離陸した旅客機は今や方位を失って
ただ旋回飛行している
人間も科学も細菌もみんな一緒に
この汚染された小さい惑星に乗りあわせて
ハイジャックされ猛スピードで飛びつづけている
もうどこにも着陸できない

武 装 集 団

for Mevi and Mangho Ahuja

入学式の校庭で新入生代表の少年が
明るく張りつめた声で挨拶の言葉を読みはじめたとき
アカシアの木から急にスズメが飛びたち
セミが黙りました
黒覆面の男たちが10数人あらわれて
突然カラシニコフ銃を3発撃ったのです

生徒たちは驚きました「何だ何だ　悪ふざけか」
教頭は顔色かえて叫びました「バカなまねはよしなさい
君たちはチェチェン人か　ここの卒業生か」
男たちは答えません　校庭の1200人を
家畜のように体育館に追いこむだけ

見張りの女闘士は胴体に爆薬ベルトを巻いていました

男たちはバスケットからバスケットへ
麻のロープをわたして小型爆弾を 20 数個つるし
赤い導火線でつなぎました
何かつぶやいた母親を銃の台尻でなぐり倒し
何か笑った老人の腕を一発撃ちぬく
暑くて肌着になった少女が水飲み場へ行かせてもらって
いつまでも戻ってこない

2004 年 9 月 1 日　チェチェン独立派の武装集団が
北オセチア第一学校を占拠して
ロシア政府に政治犯全員の釈放を要求したのです
彼らには彼らの大義があったのでした
少年たち少女たち親たち先生たちを体育館に閉じこめ
3 日間おどしにおどして計画的か
偶発事故かついにロープ宙吊りの爆弾が炸裂
阿鼻叫喚のパニック

そして正義漢の男たちはどうしたか
校庭のはずれの蹴球用ダッグアウトに逃げこみ
特殊部隊に激しく応戦して弾薬がつきると

自爆しました　大声に叫んで　アッラー　アクバール
アッラー　アクバール

　　　　　　　*

子供たちは勉強していました　普通の言葉で
普通に話して
　チーターは陸地でいちばん足の速い動物です
自動車と同じくらい速く走ります
ムハンマドは歴史でいちばん賢い人間です
彼を殺そうとした故郷メッカの人たちを許しました
宇宙でいちばん不思議なお化けは時間です
時間は形も音も匂いもありません　アッラー
アクバール

大人たちは計算していました　言葉をあやつり
言葉にあやつられて
　チェチェンからロシア軍が撤退したら
独立運動がオセチア全土にひろがるだろう
マスハドフ派がアルカイダと結んだら

弾圧と虐殺がカフカス全域に荒れ狂うだろう
山岳民族の村落地帯　働き者とお人好しの桃源郷
それを政治がめちゃくちゃにした　アッラー
アクバール

　　　　　　＊

爆破された体育館の焼け跡に
子供と大人333人の散乱する遺体
それでも校庭のアカシアの木にスズメがもどり
セミが鳴きはじめました

子供たちも起きあがるか
瓦礫の中から一人また一人焼けただれた顔をもたげ
一人また一人ねじれ曲がった血だらけの腕をぶらさげ
そして大義に憑かれた不幸な男たちを追いかけるか
焦げた目玉をぎょろつかせ赤い口が低くあえぎながら
体じゅうに突き刺さったガラスの破片を引きぬき
みじめな男たちの背中に投げつけながら

いや子供たちは復讐しません
復讐のむなしさを知る大人たちと同じ
ただ明るくはしゃいだ無邪気な日々の言葉を奪われ
厚地の黒いビニール袋にすっぽり包まれて
白い担架でつぎつぎ運び出されるだけ
鳥たちのように虫たちのように一人一人べつべつに
静かに土に埋められるだけ

大人たちは涙をふき鼻をすすり讃美歌をうたいます
歯をくいしばり手をにぎりしめ冥福を祈ります
遺族の諦めと決意の短い挨拶　政治家の長い追悼の演説
しかし偶然に生き残った子供たちが今
いちばん聞きたいと思うのは人間らしい人間の
言葉らしい言葉　神にも仏陀にもアッラーにも悪魔にも
何ひとつ訴えないスズメのような
セミのような声らしい声　9月のアカシアの木の
明るい葉擦れのようなささやき

あとがき

　身近にいた人たちについて、忘れてもいいような些細な記憶の
イメージが、なぜか繰りかえし思いうかぶことがあります。いつ
からか私はそれを何らかの形で書きとめておかなければならない
ような気持になりました。

　それでこの詩集は、追想記か回顧録のエッセイ集、と呼ぶべき
側面を持つ表現になっているでしょう。あえて詩の形をとったの
は、散文よりもコトバ数が少なく、短くてすむ、と単純に考えた
からにすぎません。

　私はこれまで、個性的なすぐれた人たちに、数多く出会いまし
た。刺激され、啓発され、活気づけられ、何かにつけて親切な配
慮を受けたので、われながら不相応に恵まれすぎた生涯をおくっ
てきた、と思っています。

　ただ、その親しい知人知友のほとんどが不帰の旅路についた今、
一種の慚愧の念が、ときどき脳裡に揺曳する。敬愛する人たちの
恩恵に、なぜ生前、漫然と応対するだけで、充分に感謝の礼をつ
くさないでしまったのか。いや、失礼や欠礼どころか、実はもっ
とクリティカルな局面で、大変な迷惑をかけてしまう場合が何度
もあったではないか。

　私の懐旧の情には、当然なことに、なつかしい喜びと後悔の悲
しみが混じっています。それがどうやら表現を戸惑わせ、こわば

142

らせ、詩らしい詩になることを妨げているのかもしれない。どうにかここに書きとめた記憶のイメージは、そういう私の挽歌か哀歌か何かのようなイメージなので、詩の表現としてはあちこち空疎に感じられる部分が多い結果になっているでしょう。

　私の詩論は、あえて表明するほどのものではなく、きわめて単純で、日常のつまらない平凡なものごとの疎遠化を目指している、というだけのものです。もちろん、つまらないもの、平凡なもの、空疎なもの、無意味なものは、この世に一つもない、という前提を承知した上でのことですが。

　とにかく私は、さまざまな落ち度の罪滅ぼしをいくらかでも果たしたい。繰りかえし思いうかぶイメージ群にせきたてられて、それを記録さえすれば少しは救いになるかと思い、いわば不如意な願もどきの不慣れな方策を、しゃにむに試みることになったのでした。

　いずれにしても、身近にいた人たちは、結局は、貴重な敬愛すべき非日常的存在だった、と分かってきます。たとえば私にとって、田舎者の若造のころから長く親切な配慮を受けた松柏社前社長の森政一氏（1910-1990）は、まさにそういう 'benefactors' の一人でした。遅ればせながら今、満腔の謝意をもって、謹んでこの詩集をささげたいと思います。

　　　2022年晩秋　多摩湖畔の寓居で　　　野中　涼

身近にいた人たち

2023年1月30日　初版第一刷発行

著　者　　野中 涼

発行者　　森 信久

発行所　　株式会社 松柏社
　　　　　〒102-0072
　　　　　東京都千代田区飯田橋 1-6-1

電　話　　03 (3230) 4813 (代表)

ＦＡＸ　　03 (3230) 4857

メール　　info@shohakusha.com

サイト　　http://www.shohakusha.com

装丁・組版　常松靖史［TUNE］

製版・印刷・製本　精文堂印刷株式会社